Un livre Michael Neugebauer aux Éditions Nord-Sud

La lune a disparu

Une histoire écrite et illustrée
par John A. Rowe
Traduction de Chantal Philippe

Il était une fois un lapin
qui s'appelait Albert
et qui vivait dans l'herbe verte
d'une colline.

Albert n’était plus tout jeune
et ne dormait pas très bien la nuit.
Alors souvent, il se levait
et regardait la lune
pour se réconforter.

Mais une nuit, il ne trouva pas
la lune dans le ciel.
La belle s’était cachée
derrière un nuage.
Très énervé, Albert partit
faire une petite promenade
pour se calmer.

Soudain, au beau milieu
d'un jardin en fête,
Albert aperçut la lune
qui se balançait,
suspendue à un fil.
«Ah! Te voilà! s'écria Albert,
Mais qu'est-ce que tu fais là?»
Puis il ajouta:
«Attends, je vais t'aider
à remonter là-haut.»

Albert demanda à son ami
le corbeau d'aller accrocher
la lune à la plus haute branche.
Mais…
«Non, ce n'est pas assez haut»,
dit-il.

Puis il attacha la lune à un ballon.
Mais…
«Non, il n'est pas assez gros»,
dit-il.

Alors, Albert lança une fusée
dans le ciel.
Mais…
«Non, elle n’est pas assez
puissante», dit-il.

Il fabriqua donc un lance-pierres
pour propulser la lune loin,
très loin de la terre.
Mais il oublia de la lâcher,
et partit avec elle.
«Non, c'est trop dangereux»,
s'écria-t-il.

«Au secours!» hurla Albert
en filant dans les airs.

«Aïe! Aïe! Aïe!»
Dans un long gémissement,
il atterrit sur un buisson de houx.
C’est à cet instant que la lune
sortit lentement des nuages.

«J’ai réussi! J’ai réussi! jubila
Albert en relevant le nez.
J’ai sauvé la lune!»
Ravi, le vieil Albert rentra
chez lui à petits bonds…
Et, tout content,
il s’endormit aussitôt.

Les Éditions Nord-Sud ont également publié
les livres suivants illustrés par **John A. Rowe**:

Le bonhomme en pain d'épices
L'Enfant d'Éléphant
Les souliers dorés
Bébé Corbeau
Raoul
Petit Singe
Le Bonnet Rouge
Fulbert la Terreur
Mais moi, je veux!
Tommy-la-Flemme

Loi n° 49-956 du 16 juillet 1949 sur les publications destinées à la jeunesse
Dépôt légal: 1er trimestre 2003
ISBN 3 314 21640 8